Roland BRÉVANNES

LES AILES

DE LA

CHIMÈRE

Éditions du " CRI DE NICE "

11, Rue Alberti, 11

NICE

1924

LES AILES DE LA CHIMÈRE

Roland BRÉVANNES

LES AILES

DE LA

CHIMÈRE

Les Ailes de la Chimère
Les Ailes Diaprées – Les Ailes Poudrées
Les Ailes de Chauve-Souris
Les Ailes Blossées – Les Ailes Fermées
Les Ailes Tricolores
Les Ailes Déployées

Éditions du " CRI DE NICE "
11, Rue Alberti, 11
NICE
1924

OUVRAGES DU MÊME AUTEUR

POÉSIE

Esquisses Poétiques (1896) .... 1 vol.
Gazettes Rimées, chroniques d'actualité de 1900 à 1904.... 1 vol.
Rimes Païennes (1905) .... épuisé.
Initiation, valse chantée, musique de Weni Mikovec (1912)..

ROMAN

Les Voluptueuses (1902-1906) .... 22 brochures.
Le nombre 13 (1904) .... 1 vol.
Péchés Capiteux (1904) .... 1 vol.
Etoiles de Ciel de lit (1904) .... 1 vol.
Le Fétiche (1905) .... 1 vol.
L'Amant de la Démone, grand roman d'aventures (1906).. 3 vol.
Fleur Vénéneuse (1907) .... 1 vol.
Treize Contes Merveilleux, tome I (1911) .... 1 vol.
    (Tomes II et III en préparation).

THÉATRE

Une Vengeance de la Reine Ysabeau, drame en 4 actes, en
    vers (1904) .... 1 vol.
Poèmes Animés, musique d'Estéban Marti, Georges Picquet,
    Gaston Wiallard (Paris, 1902) ....
Que faut-il croire ? comédie en un acte (Paris, 1902) .... 1 vol.
Une Alerte, comédie en un acte (Paris, 1902) .... 1 vol.
L'Amie, comédie en un acte (Paris, 1902) ....
Homme de Paille, comédie en un acte (Paris, 1902) ....
Sortira... sortira pas ! ou le *Supplice du Canapé*, vaudeville
    en un acte (Paris, 1902) .... 1 vol.
Cambrioleuse, mimodrame en un acte, musique de scène
    d'Adolf Stanislas (Paris, 1902) ....
Les Messes Noires, reconstitution dramatique en 3 actes et
    4 tableaux (Paris, 1904) .... 1 vol.
Un tour de page, vaudeville en un acte (Paris, 1904) ....
Le Danger des Confidences, comédie en un acte (Paris, 1904) 1 vol.
Une Vision de Cléopâtre, sketch (Paris, 1908) ....
Une Reine Captive, sketch (Paris, 1909) ....
Dans l'ombre de l'Hœréon, drame en un acte (Paris, 1910)
Nos Femmes, vaudeville en 3 actes (en collaboration, 1910-
    1911), 144 représentations aux « Folies Dramatiques »..
Thérèse de Monaco, drame lyrique en 5 actes et 6 tableaux.
Joujou, sketch mimé et dansé (Paris, 1911) ....

OCCULTISME

L'Orgie Satanique à travers les siècles (1904) .... 1 vol.
Les Grandes Sataniques de l'Histoire et de la Légende (1906) 1 vol.
La Papesse Noire (1907) .... 1 vol.

DOCUMENTATION

Le Musée du Nu, étude sur la beauté dans les races humaines
    (1905) .... 1 vol.

LES AILES DE LA CHIMÈRE

LES AILES DE LA CHIMÈRE

LE CULTE DE VENUS

Le culte de Vénus est le culte suprême,
Voluptueux et tendre, éternel et vainqueur,
Qui depuis six mille ans fait palpiter le cœur
Et plier les genoux devant Celle qu'on aime.

Pour cathédrale il veut le somptueux décor
Des montagnes, des bois, de l'azur ou de l'onde,
Le demi-jour ou bien l'obscurité profonde
Où le regard brillant allume un astre d'or.

Il se célèbre avec des gestes millénaires,
Immuables et beaux, les mêmes en tous lieux,
Dont l'essor nous emporte au plus profond des cieux
Pour planer au dessus des humaines misères.

Il tient lieu de richesse, il arrête les pleurs
Et lui seul ici-bas vaut la peine qu'on vive ;
La foi de ses croyants est si forte et si vive
Qu'elle en fait des martyrs prêts aux pires douleurs.

Il fait par tout le corps passer d'étranges fièvres,
Prélude de frissons qui semblent un trépas ;
Vers la taille qui ploie il dirige les bras
Tandisque le baiser va réunir les lèvres.

Pour les messes d'amour on dit des oraisons,
Des serments éternels, plus légers que la cendre,
Et ces mots caressants qu'il est si doux d'entendre
A l'heure des secrets, après les pamoisons.

Le culte de Vénus est auguste et frivole ;
Il aime comme encens le parfum des cheveux,
Pour cierges les lueurs qui brillent dans les yeux,
Et dresse sur l'autel une vivante idole.

DÉESSE EGYPTIENNE

Quel est donc cet émoi mystérieux et grave
Qui m'a pris tout entier lorsque j'ai découvert
Ta forme de granit, antique et noble épave,
Dans un temple en ruine aux portes du désert ?

J'ai cherché les rayons absents de tes prunelles,
J'ai reconnu tes seins, globes épanouis,
Et tes grands yeux fendus comme ceux des gazelles
Et mes regards se sont longuement réjouis.

Alors dans mes discours tout à coup sont venues,
Comme un astre allumé soudain au firmament,
D'un langage étranger les phrases inconnues,
Et j'ai senti fléchir mes genoux lentement.

Sans doute, j'ai vécu sur cette terre antique,
Près des ibis sacrés et des sphynx immortels,
Et là même, fervent de ton culte mystique,
J'ai brûlé de l'encens au pied de tes autels.

Les Yeux Sans Regard

J'ai cherché dans tes yeux, orgueilleuse Junon,
La réponse au désir ardent et sacrilège
Que j'ai de tes bras blancs et de ton sein de neige :
Ils n'ont pas consenti, mais ils n'ont pas dit non.

Pourquoi tes yeux sont-ils sans regard ni pensée
Sous l'arc impérieux de tes sourcils étroits,
Si bien qu'on ne peut lire en ta face aux traits droits
Si mes vœux t'ont fléchie ou s'ils t'ont offensée ?

Jupiter l'a-t-il donc voulu pour que jamais
Aux regards des humains ton trouble ne paraisse,
Et qu'aucun d'eux ne puisse, aimant une déesse,
Prétendre que tes yeux ont dit : « Je t'aimerais !... »

A UNE COURTISANE

Pourquoi voiler ta chair sous les lins précieux
Qu'ont brodés de leurs doigts les femmes de l'Asie ?
Je connais les beautés de ton corps radieux
Depuis que mon désir une nuit t'a choisie.

J'ai gravé sur le.mur mon nom auprès du tien,
Et, sans compter, remis entre tes mains savantes
Ce que je possédais, un lingot d'or ancien
Dont l'éclat rappelait tes boucles ondoyantes.

Mais, toi, tu m'as rendu mille fois ce trésor
Lorsque tu répandis ta blonde chevelure
Et qu'elle vint noyer sous un mouvant flot d'or
Mes doigts impatients, dénouant ta ceinture.

Pourquoi cacher ton corps ? Je connais sa beauté,
Sa forme, sa blancheur, son parfum d'ambroisie
Et l'adore à l'égal d'une divinité
Depuis que mon désir une nuit t'a choisie.

STATUE BRISÉE

Est-ce le temps qui t'a brisée,
Ou bien le ciseau créateur ?
Qui de Saturne ou du sculpteur
A porté d'une main osée
Le premier coup profanateur ?
Junon t'a-t-elle jalousée
Pour ton profil dominateur,
L'éclat de ta forme neigeuse
Ou bien pour ta gorge orgueilleuse
Que Cupidon voudrait baiser ?
Mais, puisque la foudre immortelle
Sur toi ne vint pas s'écraser,
C'est que ta pierre fut rebelle
Aux doigts qui voulaient imposer
Le rêve d'un ardent génie ;
L'artiste, son œuvre finie,
Troublé par ta divinité,
Ne put allumer l'étincelle
Qui t'aurait pour l'éternité
Donné la suprême beauté.
Il brisa le marbre infidèle ;
Car la nature humaine est telle :
L'homme fabrique en son cerveau
L'idéal qu'il voudrait atteindre
Et détruit le rêve trop beau,
Qu'imparfait, il ne peut étreindre.

IMMORTELLE

Pourquoi donc sembles-tu si fière de tes charmes,
Femme dont la poitrine a le rythme des flots ?
— Un éphèbe m'a dit que mes yeux étaient beaux.
— O femme ! l'amour passe et vous laisse les larmes.
— S'il doit m'abandonner, un autre m'aimera ;
Pleure-t-on plus d'un jour un ingrat qui vous quitte ?
Nous sommes tous soumis au pouvoir d'Aphrodite.
— Des regrets te viendront, ta beauté passera.
— Tu te trompes, rhéteur. Xanthos, le statuaire,
Me sculpte toute vive en marbre de Paros ;
Déjà depuis longtemps auront blanchi tes os
Que moi je régnerai, belle, en un sanctuaire.

NUIT ATTIQUE

Déjà le rossignol prélude,
L'ombre s'allonge et la nuit vient ;
C'est une douce lassitude
Qui pour toutes choses survient.
Les fleurs semblent plus odorantes
Et se ferment comme des yeux
Sous les baisers furtifs des brises nonchalantes,
Tandis qu'au fond des cieux,
Comme le bijou d'une femme,
L'étoile jette sa clarté,
Et l'on sent descendre en son âme
Le calme pénétrant de ce beau soir d'été.

. . . .

ELLE

Viens, je résiste à peine aux désirs qui me pressent.
Vois : au souffle du vent les feuilles se caressent,
Lianes et rameaux sont joints comme des bras,
L'oiseau poursuit l'oiseau pour d'amoureux ébats ;
Les astres qui vont seuls sont tristes dans l'espace,
La fleur a pour amant le phalène qui passe
Et le soleil couchant s'unit avec la mer !

LUI

Je pars, il faut subir notre destin amer,
Mais je te resterai de loin fidèle et tendre :
Et je voudrais pouvoir étendre
Toutes les nuits, comme un oiseau
Offrant au vent du soir son aile palpitante,
Mes deux bras frissonnant d'amour,
Pour me poser sur ta lèvre brûlante,
Et pour t'enlacer jusqu'au jour.

ELLE

Ah ! je suis à toi ; que m'importe ?
Il faut que ton bras fort m'emporte ;
C'est mon cœur tout entier qui t'avait appelé.
Je prends à témoin ce ciel étoilé,
Les parfums épars dans la nuit profonde,
Les arbres géants de ce bois prochain :
Je ne peux aimer que toi-même au monde,
Et si tu pars seul, j'en mourrai demain.

. .   . .   .

La nuit descend, épaisse, du ciel sombre ;
Des parfums s'élèvent des fleurs,
Et des désirs rôdent dans l'ombre
Où la lune bientôt va mettre ses pâleurs.

A UNE AULÉTRIDE

L'homme peut dans ses vers chanter en rimes d'or
Les frissons de son cœur, les rêves de son âme :
Ils rampent près du sol si la voix d'une femme
Ne vient pas leur donner un magnifique essor.

Fraîche comme un cristal, plus captivante encor,
La tienne, colorée autant qu'un jet de flamme,
Enveloppante comme un soupir qui se pâme,
Evoque les splendeurs d'un somptueux décor.

Les merveilleux accents de ta voix large et pure,
Qui caresse, grandit, menace ou bien murmure,
Ont un art tour à tour tragique ou bien touchant.

Je l'ai dans les festins de Corinthe entendue,
Quand tu jettes le cri de ton âme éperdue,
Qui monte jusqu'au ciel sur les ailes du chant.

SALOMON et la REINE de SABA

à Georges ROCHEGROSSE
(Salon de 1901)

La reine de Saba, mollement étendue
Sur les coussins soyeux aux plis éblouissants,
Rêve et prête l'oreille aux mystiques accents
D'une hymne harmonieuse et souvent entendue

Qu'accompagne une esclave aux gestes languissants.
L'ombre mauve du soir est déjà suspendue
Sur la vasque de marbre où l'onde répandue
Coule avec des soupirs tendres et caressants.

Par la haute fenêtre, à travers le feuillage,
Invisible pour tous, un rayon d'or a lui :
Une colombe blanche, apportant un message,

A la reine aux beaux yeux vient parler de celui
Qu'elle ne connaît pas, mais qu'affole sa grâce,
Et dont le tendre appel vole à travers l'espace.

II

Et la reine, exauçant le rêve impérieux
Du grand prince obéi des puissances mystiques,
Fit connaître à son tour, par des moyens magiques,
Le désir de son cœur, trouble délicieux.

19

Et Salomon l'attend sous les vastes portiques
Qu'illumine l'éclat d'un soleil radieux,
Superbement vêtu d'étoffes magnifiques,
Entouré de guerriers dix fois victorieux.

La reine vient à lui, belle, hautaine et grave ;
Un trésor enrichit ses bras et son col bruns ;
Sous le dais somptueux que soutient une esclave,

Elle marche au milieu des fleurs et des parfums.
Et les mêmes rayons dans leurs yeux apparaissent :
Ils ne s'étaient pas vus, mais ils se reconnaissent.

III

Une clarté se joue aux plis des draperies
Qui font de cette salle un paisible séjour,
Tandis que des senteurs s'élèvent alentour
D'un paon majestueux chargé de pierreries.

Oubliant l'univers, son royaume et sa cour,
Dans l'air voluptueux qui porte aux rêveries,
Haletante, elle ouït des phrases attendries
Et coule ses regards alanguis par l'amour.

Le roi des Juifs, courbant sa puissante stature,
Soutient sa taille souple et marche à son côté,
Une esclave soulève une lourde tenture,

Et, d'un regard craintif, admire leur beauté,
Tandis que Salomon, dont l'œil noir étincelle,
La baise longuement sur ses yeux de gazelle.

L'HÉRITAGE DE BEAUTE

A Madame J... G...

La fraîcheur d'un Avril repose
Au fond de tes yeux éclatants ;
Ta bouche a l'âge de la rose,
Ton corps svelte n'a pas vingt ans.

Mais un je ne sais quoi de grave,
De mystérieux, de divin,
Sur ton jeune visage grave
Les traits des idoles d'airain.

D'où te viennent ce charme étrange
Qui t'enveloppe de splendeur
Et ce déconcertant mélange
De passion et de candeur ?

Des ancêtres d'une autre race
T'ont-ils conçue en leurs baisers ?
L'amour imprime donc sa trace
A travers les âges passés ?

Sans doute leurs lèvres mortelles
S'unirent avec tant d'ardeur
Qu'il en survit dans tes prunelles
Une immortelle profondeur.

Oui, de lointaines destinées
Ont voulu ta sérénité :
Car ton visage a peu d'années
Mais plusieurs siècles de beauté.

19 mai 1895.

SUR UNE BAGUE ANCIENNE

C'est une bague ancienne adroitement sertie
De pierres où s'allume un reflet du passé :
Entre deux gros saphirs, la topaze est blottie,
Tandis que le rubis, couleur du sang versé,
Fait courir des rayons de feu sur la monture.
Qui donc s'enorgueillit de t'avoir pour parure,
Courtisane ou matrone, histrion ou soldat ?
As-tu servi jadis aux œuvres de luxure,
Lorsque les flots mouvants de quelque chevelure
Comme un voile de soie éteignaient ton éclat ?
Du chaton s'irradie une flamme inquiète
Dont la lueur recouvre un sépulcre gemmé;
Quel secret fut enclos en son ombre discrète
Et depuis deux mille ans y dormit enfermé ?
N'a-t-il pas contenu sous la pierre incarnate
Ces poisons foudroyants que narguait Mithridate ?
Ces pierres d'Orient, ces métaux ouvragés
Ont embelli plutôt une ardente maîtresse,
Et cette bague lourde a ceint des doigts légers
Parmi les joyaux d'or dont ils étaient chargés,
Tandis qu'ils infiltraient par leur lente caresse
Le poison plus subtil d'une fatale ivresse.

A PALLAS-ATHÉNÈ

Déesse aux seins de marbre, hautaine et dédaigneuse,
Toi dont le masque grave a tant de majesté,
Tu n'as jamais senti sur ta gorge neigeuse
Courir en longs frissons l'humaine volupté.

Les désirs ont monté vers toi dans la fumée
Des parfums qu'on brûlait au pied de tes autels ;
Les senteurs de l'encens ne t'ont pas animée,
Tu restas insensible à l'amour des mortels.

Soupirs, larmes, regrets, étreintes inutiles,
Pendant ces trois mille ans à toi se sont offerts :
Tu poses ton pied froid sur ces rêves stériles
Et de ce piédestal domines l'univers.

L'Inde Mystérieuse

Qui de nous n'a senti l'attraction mystique
Qu'exerce sur nos sens, notre esprit et nos cœurs
L'Inde mystérieuse. immortelle, érotique,
Pays des êtres forts et de l'amour vainqueur ?

Dans les livres sacrés qui chantent la caresse,
Un cantique éternel, étrange, éblouissant,
A laissé le frisson de la suprême ivresse,
Qui trouble le cerveau, met le feu dans le sang.

Paré de la splendeur de somptueux poèmes,
Vers les cimes du rêve il prend un large essor
En laissant au cerveau ce poudroiement de gemmes,
Qui pour l'éternité fait revivre la mort.

Un vertige nous porte à ce berceau du monde
En enlevant dix fois cinq siècles à nos fronts ;
Nous y cherchons l'amour, la volupté féconde,
Et planons avec l'aigle au-dessus des grands monts.

Yoni ! Lingam ! Ces mots, qu'honorait un autre âge,
Ouvrent pour nous le seuil de ces temples sanglants,
Qui des siècles défunts, conservent l'héritage,
Avec le culte obscur de dieux étincelants.

DANSEUSE NUE

Un nuage léger autour d'elle voltige,
Roule en ses tourbillons des insectes sacrés,
L'éclaire de reflets furtifs et diaprés,
Tandis qu'au rythme lent et doux qui la dirige
Elle se penche ainsi qu'une fleur sur sa tige.

Dans un visage pur où le sourire éclos
Affirme, insoucieux, l'éclatante jeunesse,
On ne voit que ses yeux de rêve et de caresse
Où tremble la lueur froide des vieux émaux
Et le reflet changeant qui dort au fond des eaux.

Le corps frêle que pare et grandit le prestige
Du collier ancien couvrant le sein menu,
Est si jeune qu'il fait oublier qu'il est nu,
Et les formes en sont chastes, — par quel prodige !
Comme la nudité d'une fleur sur sa tige.

(Dans l'ombre de l'Hœréon, drame en un acte, joué à Paris
en 1910 avec René Cresté dans le principal rôle).

A UNE DANSEUSE EGYPTIENNE

Vous nous avez rendu les gestes millénaires
Qui chassaient les soucis des graves pharaons,
Les pas qui transportaient au pays des chimères
Les princesses de rêve au teint d'ambre, aux yeux longs

On vous trouve fixée 'en lignes éternelles
Au seuil d'un temple, au flanc d'un vase précieux ;
Vous déployez les bras comme étendaient leurs ailes
L'épervier symbolique et l'ibis cher aux dieux.

Le rite harmonieux des voluptés sacrées
Alanguit votre danse et flotte dans les plis
De vos voiles légers, de vos robes dorées,
Donnant la vision des siècles abolis.

Danses pendant le Festin

Cydno !... Parmi des sons, des couleurs, du mystère,
La danseuse déroule un geste cadencé :
Aussitôt, dans son ombre alerte, le passé
Au choc de son pied nu semble surgir de terre....

D'abord elle revêt une grave beauté,
Déesse égyptienne aux poses hiératiques,
Evoquant la splendeur de ces cultes antiques
Où la religion est toute volupté.

Mais un Faune l'appelle... Elle écoute sa voix
Et délaisse la pompe et les apothéoses,
Elle se fait bacchante, elle effeuille des roses
Dans la coupe d'argent qui tremble entre ses doigts.

Sous un rayon de lune un poudroiement de gemmes....
Des gestes qu'on a vus sculptés dans le granit...
Extase !... le serpent, gardien de Tanit,
Dans ses anneaux bronzés étreint les membres blêmes...

Dans l'ombre du harem elle danse et brandit
Le sabre courbé qui jette une flamme vive ;
Elle est tout à la fois guerrière et lascive :
C'est une fleur qui marche, un oiseau qui sourit.

Telle, sous les reflets de nuance diverse
Qui nimbent tour à tour ses joyaux et sa chair,
Nous apparaît Cydno : grave, chaste, perverse,
Sensuelle, mystique, une fille de l'air
Qui volte, tourbillonne, ondule et se renverse,
Météore vivant descendu de l'éther.

LA COUPE EMPOISONNÉE

FRAGMENT *

I

Es-tu rubis ? es-tu topaze,
O nectar tentateur,
Qui fais jaillir hors de ce vase
Une subtile odeur ?
Qu'il soit rubis, qu'il soit topaze,
Le Falerne enchanteur
Donne toujours la folle extase
De la tête et du cœur.

II

Je sens par tout mon être un frisson qui se glisse
Et traverse ma chair d'impossibles désirs....
C'est un trouble sans nom, c'est un rare délice
Qui possède mon corps prêt à tous les plaisirs.

III

Dans la coupe d'onyx la liqueur est traîtresse
Autant qu'une tigresse
Aux grands yeux d'or ;
Elle glisse dans l'être ainsi qu'une caresse
Mais au lieu de l'ivresse
Verse la mort.

INVOCATION A LA DÉESSE

Déesse au front d'airain qu'éclairent deux étoiles.
Isis, je viens à toi, je tombe à tes genoux !
Nous ne te voyons pas sous les plis de tes voiles,
Mais ton regard divin, s'abaissant jusqu'à nous,
Voit nos chagrins mortels et nos grandes détresses.
Tu ne permettras pas que le deuil soit sur moi,
Que je perde ce corps vêtu de mes caresses !
Isis, nous t'invoquons ! Isis, j'espère en toi !

* Une Vision de Cléopâtre, musique de Weni Mikovec

LES AILES DIAPRÉES

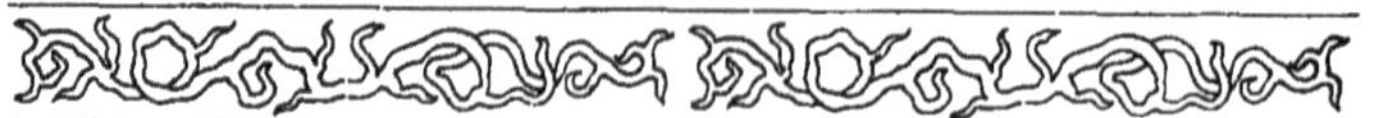

FILLE DU SOLEIL

Reine à la peau ambrée, aux formes de statue,
Je n'oublierai jamais ton étrange beauté
Dans ce léger tissu fait au pays du thé
Dont ton riant caprice un soir t'avait vêtue,
Ni l'art avec lequel tes doigts avaient jeté
Ce voile recouvert de dorures magiques,
D'oiseaux mystérieux et de fleurs fantastiques,
Dont les plis vaporeux drapaient ta nudité.

De ton corps s'exhalaient en des caresses molles
Un arome, venu de ces pays lointains,
Et qui, t'enveloppant des chevilles aux seins,
Répandait dans les sens des tentations folles.
Le soleil avait-il dans tes cheveux si fins
Laissé de ses rayons la brillante poussière ?
Etais-tu donc sa fille et venais-tu sur terre
Eblouir les mortels par tes charmes divins ?

STROPHES GEMMÉES

J'aime les bleus saphirs qui font,
Sur la blancheur des peaux laiteuses,
Songer à quelque lac profond
Au pied des montagnes neigeuses.

— J'aime tes yeux, ces gemmes orgueilleuses
Et dont on ne voit pas le fond.

J'aime aussi l'orient limpide
D'une perle dans son écrin,
J'adore la tache languide
Qu'elle dessine sur ta main.

— J'aime tes dents et leur émail limpide
Entre tes lèvres de carmin.

J'aime le rubis qui rougeoie
Et dont l'éclat éblouissant
Est aussi gai qu'un feu de joie
Aussi triste qu'un jet de sang.

— J'aime ta bouche écarlate ou flamboie
L'appel de ton désir naissant.

La Bouche et les Yeux

Dans l'ovale parfait de ton visage grave
Je ne sais pas si j'aime mieux
Le contour délicat de ta bouche suave,
Ou le regard de tes grands yeux.

Dans tes yeux de velours, d'où jaillit une flamme,
Passent de tendres visions ;
Je comprends le muet langage de ton âme
Qui s'exprime par leurs rayons.

Mais, quand ta bouche rose et que l'amour relève
S'épanouit comme une fleur
Pour égrener ton rire, il me semble qu'en rêve
J'entends la chanson de ton cœur.

Aussi ne sais-je pas dans ta splendeur offerte
Ce qui m'est le plus précieux :
La capiteuse fleur de la lèvre entr'ouverte
Ou l'étoile double des yeux.

TES SEINS

J'adore ta poitrine orgueilleuse et sereine,
Qui s'enfle tout à coup en deux globes jumeaux.
Elle est épanouie, harmonieuse, hautaine;
Ils sont doux et petits, ils sont fermes et beaux.

J'aime en mes doigts épris tenir ta gorge ronde,
Dont le bout rougissant fut baisé par Eros;
Car tes seins délicats ont la forme du monde
Et sont veinés ainsi qu'un marbre de Paros.

Tandis que mon cœur bat plus fort dans ma poitrine,
J'observe, un peu troublé, le mouvement du tien :
Avec le rythme lent de la vague marine
Ta gorge se soulève en un calme olympien.

SES PIEDS AIMÉS

Ses pieds ont le reflet nacré des coquillages
Que la vague amoureuse abandonne aux rivages
    Après chacun de ses baisers ;

Leur grâce tour à tour innocente et mutine
Donne un charme enfantin à la peau douce et fine,
    Aux doigts frêles, blancs et rosés.

Ils semblent un oiseau quand la main caressante,
Comme un trésor sans prix, en une étreinte ardente
    Enferme leur gracilité ;

Mais ils ne sont pas faits pour marcher sur la terre,
Car ils devraient fouler cette brume légère
    Où plane la divinité.

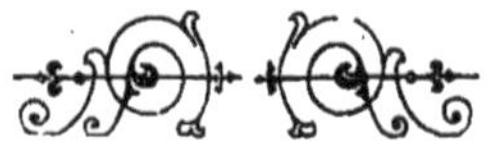

LES CHRYSANTHÈMES

SONNET

à François COPPÉE

Sur leur tige flexible ainsi qu'un cou de femme
Se berce fièrement leur globe épanoui,
Un soleil inconnu de notre œil ébloui.
A mis dans leur nuance un reflet de sa flamme.

Ils n'ont point le parfum d'une fleur qui se pâme,
On comprend qu'un regret y demeure enfoui
Et que le souvenir du ciel évanuoi
Comme un voile de crêpe est jeté sur leur âme.

Leur grâce s'harmonise au luxe des salons ;
Ils semblent les cheveux souples soyeux et longs
Qu'une amante déroule en gestes impudiques ;

Penchés sur les tombeaux où viennent s'allonger
Les ombres des cyprès, ils font alors songer
Aux cheveux dénoués des pleureuses antiques.

1903

Les Ailes Poudrées

PREMIER BAL ET PREMIÈRE BATAILLE

I

Elle était poudrée à frimas,
Fraîche, rosée et souriante,
Soutenant sa robe bouffante
Du bout de ses doigts délicats;
Son bras sortait nu de sa manche,
Elle adressait à son danseur
Un regard d'exquise douceur
Par-dessus son épaule blanche.
Elle dansait divinement,
Attentive à la moindre note;
C'était sa première gavotte,
C'était le premier compliment
Qu'on lui murmurait à l'oreille ;

« Ah ! Mademoiselle, Watteau
N'a jamais de son frais pinceau
Créé plus charmante merveille.

Mais par malheur ce gai refrain
Me met un noir penser en tête :
C'est que les plus beaux jours de fête
N'ont pas, hélas ! de lendemain.
Que deviendra ma vie errante ?
Que fera de moi le destin ?
Ce qu'il fera demain matin
De cette poussière odorante
Qui recouvre vos cheveux blonds,
Ce qu'il fit la saison passée
De la froide neige entassée
Jusqu'à la cime de nos monts.
Il restera de cette danse
Ces deux rubans à vos couleurs,
Et le temps, qui flétrit les fleurs,
Pâlira leur tendre nuance. »

II

Au souffle du vent les drapeaux
Du Royal-Auvergne frémissent,
Mille fanfares retentissent
Qui vous transforment en héros.
Son sang bout et son cœur tressaille,
Deux mois après, au bord du Rhin ;
Il est joyeux dès le matin,
Car c'est sa première bataille.

Pomponné comme pour un bal,
Il sourit au drapeau qui flotte
Et fredonne un air de gavotte,

Très calme, attendant le signal.
Un nœud de pâles rubans charge
Comme naguères son bras droit.
Maintenant un peu de sang-froid :
Voici la première décharge.

Il ouvre délicatement
Une élégante tabatière
Dont le couvercle d'or enserre
Un portrait, un minois charmant :
Quelques mouches, une fossette,
Des yeux vifs, le chignon poudré,
La bouche au sourire adoré.

Du bout du doigt il époussette
Un grain de tabac qui marquait
D'un point noir sa dentelle fine ;
Mais une autre tache s'obstine
A salir son jabot coquet.
« Qu'est-ce donc ? fit-il ; plus je frotte,
Plus la tache grandit... je crois
Qu'elle est rouge... on dirait... » Sa voix
Mourut comme un air de gavotte.

Musique de Georges Picquet

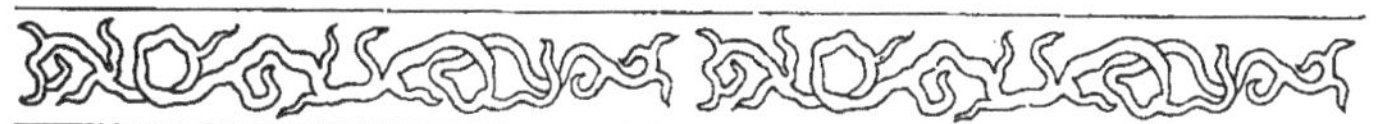

LE GOUT DES BAISERS

Abandonne-moi, mon aimée,
Ta main blanche et toute embaumée
Aux ongles rosés de carmin :
J'y porte une lèvre badine,
Ce baiser grise et j'imagine
Qu'il glisse sur un frais satin.

Quand ta taille souple se cambre,
Je pose sur ta nuque d'ambre
Un baiser léger et discret ;
Un frison fou me la désigne,
Ton col a la blancheur du cygne :
C'est un baiser sur du duvet.

Lorsque tu baisses tes paupières
Sur tes prunelles printanières,
Un fou désir me vient toujours
D'y poser ma lèvre brûlante :
Cette caresse ensorcelante
Effleure un somptueux velours.

Quand ta bouche fraîche s'entrouvre
Et que son écrin me découvre
Des perles d'exquise blancheur,
Il me semble que sous la feuille
Flotte un parfum d'âme et je cueille
Un long baiser sur une fleur...

Musique de Noël Chantevray

PIERROT BOUDEUR

Quand Pierrot sut que Colombine
L'avait trompé pour Arlequin,
Il pleura fort sous sa farine,
Il s'habilla de noir satin
Et pour tromper son infortune
        Aima la lune
        Un beau matin.

Colombine regrette vite
Son amour naïf et câlin ;
Puis la coquette se dépite
Et met à la porte Arlequin,
Tandis que Pierrot à la lune
        Dit sa rancune
        Et son chagrin.

Jalouse de la clarté douce
Qui sèche cet œil enfantin,
Elle minaude et se courrouce
En voyant son manège vain.
Elle vient un soir à la brune
        Et l'importune
        De son refrain.

« *A quoi donc, lui dit la volage,*
Peux-tu rêver soir et matin
Quand tu regardes ce nuage
Ton menton pâle dans ta main ?
Ta bouderie est importune;
    Quelle rancune
    Contre Arlequin ! »

Arlequin s'approche dans l'ombre
Et met sur sa nuque un baiser.
Elle dit : « Quitte cet air sombre,
Le fat ne put jamais poser
Qu'une caresse, mais rien qu'une,
    Bien importune,
    Sur cette main.

— Je ne suis occupé, perfide,
Pas plus de toi que d'Arlequin,
Mais j'aime la clarté limpide
Qui vient glisser sur le bassin.
La femme est trop menteuse ; aucune
    Ne vaut la lune
    Au front serein. »

Retroussant d'un geste impudique
Son jupon froufroutant et fin,
Colombine aussitôt réplique :
« Triste amant de l'astre en son plein,
Vois celui qui fit ma fortune
    Et prends la lune
    Avec ta main. »

Musique de Gaston Wiallard

Les Ailes de Chauve=Souris

L'HEURE DU SABBAT

C'est l'heure du sabbat; et des forêts profondes
Comme du sein des eaux, de la terre et du feu,
Les sorciers, les maudits s'élancent, narguant Dieu,
Vers les stupres impurs et les baisers immondes.

Des oiseaux de malheur gémissent dans les bois.
Les cheveux hérissés, l'œil hagard, la sorcière
S'élève avec la flamme et s'échappe des toits.
Le souffle du démon a passé sur la terre !

Pour mener au sabbat les fervents du Mauvais
Les monstres sont venus et les bêtes impures
Piaffent d'impatience à côté des balais ;
Prêtresses d'Astaroth, enfourchez vos montures !

Vous toutes que l'enfer conduit,
Dénouez vos cheveux pareils à des vipères,
Que le Diable, en passant, vous prenne dans ses serres
Et vous emporte dans la nuit !

Levez-vous, sujets de Satan ;
Vous tous, sylphes, ondins, salamandres et gnômes,
Crapauds et basilics, démons, larves, fantômes,
Debout ! Le sabbat vous attend ! !

Les Messes Noires

LA REINE DU SABBAT

Toi qui nous apparais au dessus de la Femme,
Avec ton geste noble et ton attrait pervers,
Tu mérites cent fois, toi, la vestale infâme,
D'être Reine au Sabbat et Déesse aux Enfers !

La femme, belle ou laide, ou troublante ou fatale,
Est faite pour porter aux pieds du Très-Impur
Nos vices monstrueux en offrande infernale.

Toi, dont la face morte a le regard si dur,
Avec tes yeux d'enfer, ta bouche dévorante
Et la séduction de ta sombre beauté
Tu te montres à nous magnifique et tentante
Autant que la Luxure et que l'Impiété !

Les Messes Noires, reconstitution dramatique représentée à la
Bodinière en 1904.

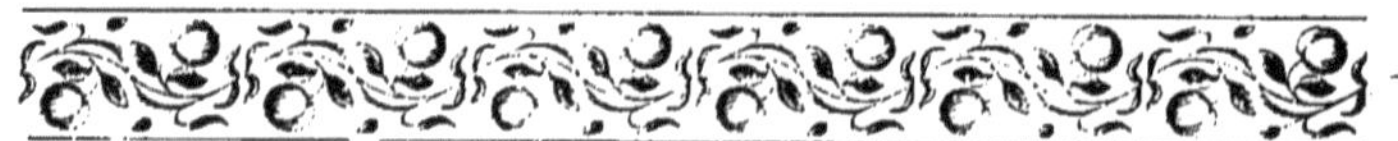

LA PAPESSE NOIRE

Gloire et salut à toi, reine, idole, déesse,
Sous un manteau royal femme au port souverain,
En profanes atours somptueuse prêtresse,
Enigme aux yeux changeants, statue au front d'airain !

Qui donc es-tu, toi qui traverses cette vie
Semblable à l'idéal rêvé par nos cerveaux ?

D'où viens-tu ? quelle pente altière as-tu gravie,
Femme, pour abaisser de si loin sur nos maux
Ce lumineux regard qui n'est pas de la terre,
Cet éclair pénétrant qui lit au fond des cœurs
Et jaillit de tes yeux tout remplis de mystère ?

Sous le charme imposant de tes gestes vainqueurs,
Le genou s'infléchit et la tête s'incline.
Une reine envierait cette sérénité,
Une idole n'a pas ta vivante poitrine,
Vingt siècles ont pu seuls créer ta majesté.

Notre âge ne croit plus ; il éteint les étoiles,
Egarant dans la nuit ses pas et ses discours.
Mais tu viens, des désirs dans les plis de tes voiles,
Deux astres d'or aux trous du masque de velours !

Le blasphème est partout; l'homme ne veut plus croire
Qu'à l'argent, qu'à l'amour et qu'à l'ambition;
Il est prêt à subir ton joug, Papesse noire,
Courbé devant l'autel de Ta Séduction.

LES AILES BLESSÉES

PETITE FLEUR BLESSÉE

Va, petite fleur blessée
Par l'aile des passions,
Va sans regret ni pensée
Au pays des visions ;
Quitte la trompeuse fête
Dont ton cœur était l'enjeu ;
Marche sans tourner la tête,
Sans t'attarder à l'adieu.
Tu parviendras à des sphères
De paix et de doux repos,
Loin des craintes, des colères,
Des larmes et des sanglots.
Tu suivras sans secousse
Le fil de ton rêve bleu ;
La route te sera douce.
Si tes yeux se mouillent un peu,
Ce ne sera qu'une rosée
Montant de ton cœur oublieux,
Tombant si ton âme apaisée,
Pauvre petite fleur blessée.

Ni avec toi, ni sans toi

Tu ne peux pas savoir, tu ne peux pas comprendre
Que je suis condamné par l'amour qui me tient ;
C'est un poison mortel que tes yeux m'ont fait prendre
Par ce beau soir dont seul mon cœur se ressouvient.

Tu ne peux pas comprendre en ton âme frivole
Qu'un homme soit damné par un baiser de toi ;
Si tu le pressentais, c'est un éclair d'effroi
Que jetteraient tes yeux, c'est un rire de folle
Qui soudain de ta voix briserait le cristal.

Tu sèmes tes baisers, somptueuse largesse,
Comme on lance des fleurs à la foule en liesse
Du haut d'un balcon d'or, un soir de carnaval ;
Tu prodigues ton cœur, tu donnes ton sourire,
Traversant l'existence au rythme des grelots.
Moi, je ne t'en veux pas d'ignorer mon martyre :
Le bruit des tambourins étouffe mes sanglots.
Tu n'as pas vu mon cœur enfoui sous les roses
Que foulent tes pieds blancs dans les sentiers ombreux,
Et tu ne connais pas les tourments que tu causes :
Tes beaux yeux n'ont jamais regardé derrière eux.

Va ! laisse-moi mourir, n'arrête pas ta course,
Fuis la tache de sang que fait un cœur blessé.
Mon mal est sans remède et je suis sans ressource
Contre le poison lent que tes yeux m'ont versé.

« Avec toi », m'as-tu dit, toi qui te prostitues ?
Tu veux donc me donner pour tombeau parfumé
Ce sein éblouissant que d'autres ont aimé ?
Avec toi ? je ne peux, parce que tu me tues.

« Sans toi », conseilles-tu ? Plus de baisers chéris,
Loin des yeux que j'adore et du corps qui m'obsède ?
Sans toi que j'aime encore et sans toi qui m'a pris ?
Non ! parce que j'en meurs.

         Mon mal est sans remède.

Le Castel au Bord de la Mer

ou

Jours de Bonheur et Jours de Deuil

« *Ami, connais-tu le manoir*
Au bord de la mer enchantée ?
Moi, je l'ai vu par un beau soir;
Son image était refletée
Par l'eau claire comme un miroir
Où se jouaient mille étincelles;
Les rayons du soleil couchant
Empourpraient les hautes tourelles
De leur éclat éblouissant;
Le feuillage frais, verdoyant,
Les fleurettes toutes nouvelles
Embellissaient parc et jardin;
Et le ciel était sans nuage,
La brise apportait sur la plage
La senteur, le parfum sauvage
Du serpolet, du romarin.
As-tu vu sur le bleu rivage
Le beau château du suzerain ?

— Oui, j'ai vu le château splendide
Qui se dresse au bord de la mer.
C'était par un matin d'hiver :
Mais l'onde n'était pas limpide;
Sinistre et noir comme l'enfer,

Le castel s'élevait dans l'ombre,
Et la mer menaçante et sombre
Déferlait sur les rocs brunis
Qu'elle couvrait de son écume;
Les tours se perdaient dans la brume.
Tous les arbres étaient jaunis,
Toutes les fleurs étaient fanées,
Et les fenêtres blasonnées
Etaient toutes abandonnées
Par les oiseaux qui les peuplaient.
Au fracas du vent se mêlaient
Les plaintes sinistres des lames;
Tout portait l'effroi dans les âmes.

— Ami, n'as-tu pas entendu
Rossignols, pinsons et linottes
Lancer mille joyeuses notes
Auxquelles auraient répondu
Le refrain de quelque romance
Ou les accords d'un clavecin ?
Et n'as-tu pas pendant la danse
Ouï quelque rire argentin ?

— Je n'ai point entendu le rire
De damoiselles ou d'oiseaux,
Mais des plaintes et des sanglots;
J'ai vu pleurer et non sourire
Les cloches sonnaient tristement,
Et j'entendis des chants d'église
Psalmodiés lugubrement
Dans la chapelle en pierre grise

— As-tu vu sur le vieux balcon
Le noble et courageux baron
Et l'épouse qui fait sa joie ?
As-tu vu briller son trésor ?

Scintiller sa couronne d'or
Et flotter son manteau de soie ?
As-tu vu dans dans tous ses atours,
Avec sa robe de velours,
Avec ses riches broderies,
Ses bracelets, ses pierreries,
Ses colliers et ses diamants,
Une vierge des plus chéries,
Belle comme on est à vingt ans ?
N'as-tu pas vu la taille frêle,
La main blanche et les grands yeux noirs
De cette brune damoiselle ?
Vis-tu la vierge la plus belle
Dans le plus riche des manoirs ?

— J'ai vu le baron et la mère;
Ils avaient des habits de deuil,
Leurs bras enlaçaient un cercueil;
Leur douleur était bien amère,
Tous deux pleuraient... Hélas! mes yeux
N'ont point vu cette enchanteresse,
Cette vierge à la brune tresse,
Dans le beau castel que caresse
La mer de Provence aux flots bleus. ».

Nice, Mars 1896.

ABANDON

Je ne puis songer, blonde aux yeux limpides,
Sans un désespoir où sombre mon cœur
Que sous leurs baisers mes lèvres avides
Ne rencontrent plus qu'un souris moqueur.
Je veux emporter jusqu'au bout du monde
Ce rare trésor, ton cher souvenir.
L'amour aurait-il fui ta tête blonde ?
Si tu m'aimes plus, j'aime mieux partir.

Je ne puis songer, blonde aux yeux perfides,
Que tu vas ce soir prendre un autre amant
Sans que mon cœur batte à coups si rapides
Qu'ils donnent l'espoir d'un déchirement.
Je veux emporter au fond de la tombe
Ce secret que j'ai peur de découvrir,
Ce fatal soupçon auquel je succombe.
Si tu dois tromper, j'aime mieux mourir.

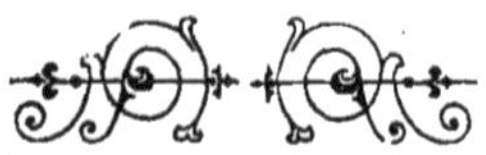

FRAGMENTS

ISABEAU

...Enfant, tu parles bien comme on parle à ton âge !
Le vent brisera moins la tige d'une fleur
Que l'amour ta pauvre âme, et tu sauras, Hermance,
Que nous portons en nous le germe du malheur ;
Chair à plaisir veut dire aussi chair à souffrance.

HERMANCE

Vous n'avez pas toujours eu ces pensers amers,
Madame, vous parliez naguère d'autre sorte.

ISABEAU

Pouvons-nous résister aux tempêtes des mers,
Au torrent furieux qui bondit, nous emporte
Et roule déchaîné vers l'abîme inconnu?
Et puis, quelle est la femme aujourd'hui malheureuse
Et dònt le cœur meurtri ne s'est pas souvenu
D'un jour ensoleillé, d'une heure radieuse ?
Il est de ces moments (crois-moi, je le sais bien)
Qu'on ne donnerait pas pour dix ans de tristesse,
Et même quand on pleure, on ne regrette rien :
On recommencerait avec la même ivresse
Un amour malheureux pour goûter ses transports.

ISABEAU

L'amour !... existe-t-il ?... La douleur est certaine,
Et c'est, avec la mort, notre plus sûr destin :
A côté de nos pas s'achemine leur ombre ;
L'une a nos âmes, l'autre a nos corps pour butin.
Ne savez-vous donc pas que le chemin est sombre
Du berceau vers la tombe? Allez-vous à plaisir
Transformer cette route en un morne calvaire,
Lorsque votre âge encor vous permet de choisir ?

Une vengeance de la Reine Isabeau, drame en 4 actes, créé
par Mme Lina Diligenti, en 1900.

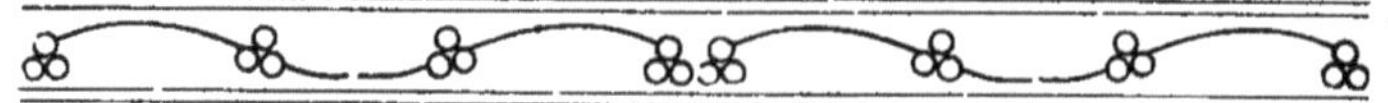

PRENDS GARDE...

Fragment

Prends garde à ses beaux yeux langoureux et limpides !
Tu pourrais te noyer dans leurs ondes perfides...
S'ils ont l'azur profond d'une nuit d'Orient,
Ils ont aussi l'éclat changeant des eaux traîtresses ;
Leur regard tour à tour hautain et suppliant
Met dans un seul rayon ordres, refus, caresses.
Malheur à celui qui sur ces abîmes bleus
Se penche et veut saisir le reflet qui s'y joue !
Son âme en y tombant, se perdra dans la boue...
Ferme plutôt les tiens pour ne pas voir ses yeux !

Une reine captive, sketch.

QUAND MÊME

Tu ne me connais pas et tu me fais souffrir,
Mais ce tourment d'amour m'est bien doux à chérir
Parce qu'il vient de toi, parce qu'il est ma vie.
Un jour tu sentiras, femme, que mes pensers
T'enveloppent d'amour, et ton âme ravie
Accourra vers la mienne en un vol de baisers.

Tu ne m'aimeras pas et j'en mourrai : qu'importe ?
Le lierre étreint le chêne, et quand la feuille morte
S'en détache, jaunie, au souffle des frimas,
Les rameaux dénudés pressent plus fort le chêne.
Tu prétends fuir ? En vain ! L'ombre qui suit tes pas,
Femme, n'est plus ton ombre, et c'est mon âme en peine.

LES AILES FERMÉES

La Rose d'Estrella

1

Les officiers de Soult aimaient les Espagnoles :
Ils affrontaient gaiement le feu des espingoles
Que déchargeait dans l'ombre un fiancé jaloux
Pour courir désarmés aux galants rendez-vous;
Ils allaient, imprudents, au fond des pires bouges,
Pour boire avidement aux belles lèvres rouges,
Qui leur versaient parfois un foudroyant poison;
Le soir, ils s'élançaient, narguant la trahison,
Par le balcon mauresque aux dentelles de pierre
Vers la femme aux yeux noirs qui sous sa jarretière
Cachait un fin poignard et, dans sa pâmoison,
Mêlait aux mots d'amour des versets d'oraison.
Les aimaient-elles donc ces conquérants superbes,
Visages balafrés ou figures imberbes,
Vieux soldats grisonnants, officiers de vingt ans ?
Elles auraient aimé peut-être en d'autres temps,
Mais elles haïssaient alors du fond de l'âme
Ces Français détestés et dont le nom infâme
Armait les religieux de pesants crucifix;
Au courroux des amants, des frères, des maris,
Elles livraient ces corps chamarrés d'aiguillettes,
Accourant à leurs yeux comme les alouettes
Qui volent au miroir et s'offrent au chasseur.
Mais elles pardonnaient pourtant à l'oppresseur

Quand il était beau, jeune, et qu'il donnait la joie;
Et l'Espagnol vengeur, croyant tenir sa proie,
Trouvait la couche vide et sa femme au balcon
Ecoutant dans la nuit le pas lourd d'un dragon.
C'est ainsi que parfois, suprême récompense,
Un remords amoureux sauvait une existence.

II

Parmi ces femmes-là, dont les grands yeux de jais
Avaient pour les vainqueurs d'invincibles attraits,
Et dont les cheveux noirs luisaient sur la peau brune
Avec des reflets bleus, Séville en montrait une
Dont le regard eût fait rougir un régiment.
Rien à craindre de plus : point de frère ou d'amant
Pour venir transformer ses draps en un suaire.
Ce n'était pas, d'ailleurs, une femme vulgaire :
Elle avait dans le corps du sang des Loyola,
Etait veuve d'un prince, avait nom Estrella.
Ce nom harmonieux, qui signifie étoile,
Convenait aux beaux yeux qui n'avaient pour tout voile
Qu'un rideau de longs cils sur leur scintillement,
Et, comme des clous d'or, brillaient effrontément
A travers le treillis frêle des jalousies.
Toute femme enviait, dans les Andalousies,
Sa hanche qui roulait, sa nuque au ton ambré,
Sa taille souple et ronde, et son pied si cambré.
Ce qui la distinguait des autres Sévillanes,
Ce n'étaient pas ses traits empruntés aux gitanes,
Ni ses gestes lascifs, langoureux et pervers,
Ni la lueur étrange embrasant ses yeux fiers;
C'était le sentiment exempt de perfidie
Qui la jetait pâmée à la lèvre hardie
Des chefs, et lui faisait offrir aux conquérants
De folles nuits d'amour et non des guets-apens.
Ils partaient sains et saufs, sa fringale assouvie ;
Elle ne songeait pas à leur ôter la vie,
Puisqu'à ses amoureux elle arrachait le cœur,
Blessant à mort celui qui narguait sa douleur.

Un geste la rendait encor plus singulière :
La provocation étrange et cavalière
Dont l'ardente Estrella désignait les élus,
Et plongeait ses regards dans les yeux résolus
Qui difficilement en soutenaient la flamme.

A l'heure où le soleil énamouré se pâme
Et s'endort sur le sein palpitant de la mer,
Estrella qu'embrasaient les ardeurs de l'enfer,
S'en allait dans la nuit sans cavalier, ni duègne.
Elle ornait son chignon de l'écaille d'un peigne
Etalé largement, extravagant, altier,
Scintillant sous la lune en un reflet d'acier,
Hardi, fier comme un casque et comme une couronne.
Elle savait aussi piquer comme personne
Une rose de pourpre, éblouissant joyau,
Dans ses cheveux plus noirs que l'aile du corbeau,
Et jeter avec art sur ses épaules rondes
La mantille si chère aux belles vagabondes.
Elle allait d'un pas sûr aux bruyants carrefours
Où les beaux lieutenants racontaient leurs amours,
Oubliant leurs exploits, la guerre et ses fatigues
Au riant souvenir de galantes intrigues.
Elle errait au milieu des groupes attablés,
Dardant effrontément ses deux yeux étoilés
Par-dessus l'éventail qui cachait son visage,
Tandis que des désirs naissaient sur son passage,
Que des relents d'amour parfumaient son chemin,
Que le mouvement souple, ondoyant et félin
De la taille et du corps rejetés en arrière
Faisait de l'Espagnole une belle panthère
Ayant en sa prunelle une étincelle d'or.
Les ruts montaient vers elle en un farouche essor.
Impassible au milieu d'ardentes convoitises,
La femme supputait les voluptés promises
De son regard lascif sous ses longs cils baissés;
Ils se disputaient tous les coups d'œil adressés.
Quand l'Espagnole avait enfin choisi sa proie,
C'était un brusque éclair de triomphe et de joie
Qui flambait tout à coup dans ses yeux grands ouverts,
Tandis que souriait sa bouche aux coins pervers :
Pliant son éventail, insolente, hautaine,

Elle arrachait alors de sa toison d'ébène
La rose épanouie, et d'un geste vainqueur
Frappait le favori du moment droit au cœur.

Nul n'hésita jamais; et la rose, jetée
D'une main sûre, était aussitôt rapportée
Tenue entre les dents, offerte en un baiser.
Ces soldats étaient gens faciles à griser :
Le sillage embaumé de l'étrange sirène
Avait pour eux l'attrait de tout chemin qui mène
A l'attaque d'un fort sous le feu des canons.
Ainsi qu'à la parade ils bombaient leurs plastrons ;
En désordre ils laissaient sur les tables tachées
Verres à moitié pleins, bouteilles débouchées,
Dés et cartes gisant aux pieds sur le carreau ,
Sans même décrocher leur sabre ou leur manteau.
Et l'officier, qu'avait poignardé son œillade,
Disait, en la suivant, à quelque camarade :
« Qu'on vienne me chercher, si l'on se bat demain. »
Et partait cuirassé d'un superbe dédain.

Son étreinte laissait une poignante ivresse.
Lorsque ses bras lassés, relâchant leur caresse,
A ses amants d'un soir rendaient la liberté,
Il semblait que son œil impudique eût jeté
Un sort comme celui d'une vieille gitane.
Ceux qu'avait distingués cette étrange sultane,
Décochant une fleur comme on jette un mouchoir,
Languissaient sous le faix d'un sombre désespoir;
Ils emportaient au cœur des blessures ouvertes :
Chaque soir, en voyant les délices offertes,
Ces braves retenaient avec peine un sanglot,
La rose d'Estrella semblait un javelot.

III

Seul de tous les Français, un jeune capitaine
Sans y perdre l'esprit posséda la sirène.
Elle remarque un soir sa moustache, ses yeux,
Et lui jette la fleur prise dans ses cheveux ;

L'officier la lui rend à la pointe du sabre :
L'Espagnole pâlit et son orgueil se cabre,
Puis elle vient à lui, les regards languissants,
Offrant sa lèvre ardente et ses seins frémissants.
De baisers et d'amour cette belle affamée
Au bras qui la soutient s'abandonne pâmée;
Et l'officier subit son pouvoir radieux
Quand elle lui fait voir la profondeur des cieux
Dans l'abîme attirant de sa prunelle sombre.
Mais cet homme est un mâle, et c'est elle qui sombre,
Subissant un vertige à peine soupçonné :
Car sa chair est vaincue et son cœur s'est donné.

Et de vingt autres nuits celle-là fut suivie :
Aux baisers du Français l'Espagnole asservie
Pour la première fois oubliait sa fierté,
Car la pointe du sabre au cœur avait porté.
Quant au beau capitaine, il redressait son torse
Et se laissait aimer, confiant en sa force.

Une patrouille, un soir, le rencontra couché,
Comme après la bataille en son manteau taché,
Etendu sur le dos, le corps froid, raide, inerte,
Le plastron déchiré, la poitrine entr'ouverte,
Mort depuis le matin. A la place du cœur

Un flot de sang marquait l'empreinte de la fleur.
Rien n'éclaira jamais ce tragique mystère.
Fut-ce dans l'ombre épaisse un guet-apens ibère,
Meurtre de patriote ou crime de jaloux?
Le fringant officier tomba-t-il sous les coups
D'un poignard de Tolède ou d'une longue épée?
Dans quel geste sa main s'était-elle crispée?
Croisa-t-il donc le fer avec quelque rival
Pour les yeux d'Estrella dans un combat loyal,
Echangeant de grands coups aux clartés de la lune?
Ou bien fallait-il croire à la sourde rancune
De cette Sévillane aimant les beaux soldats
Qui se sentait conquise et ne le prenait pas?
Pour la première fois était vain son prestige;

Elle eut peut-être peur de l'amoureux vertige
Où s'affolaient son cœur et ses sens indomptés,
Ou voulut à jamais tarir ces voluptés
Pour que l'amant ne pût verser à quelque femme
Cette rage d'amour qui dévorait son âme.
Ce cœur d'homme était donc plus fermé que le sien!
Sans doute elle n'avait trouvé d'autre moyen
Pour atteindre le seul qui restât insensible.
Avec cette Estrella, c'était chose possible.

———

IV

Et l'Espagnole avait un charme tout-puissant
Maintenant que la rose était couleur de sang.
De longs mois ont duré conquêtes et ravages,
Car elle les prit tous, les plus fous, les plus sages,
Lançant la fleur de mort de son geste maudit;
Et tous la rapportaient sans terreur à son lit,
La tenant dans leur bouche ivre d'impatience,
Ou bien, du capitaine imitant l'insolence,
La présentaient au bout du sabre dégainé.
Dès cet instant, le cœur était empoisonné
De ceux qui lui rendaient la rose dans leur bouche;
Dans une rixe, un duel ou bien une escarmouche
Les autres recevaient au cœur le coup fatal.
La rose d'Estrella! mystérieux signal
Pour ceux qu'elle appelait à l'amoureuse joute
Et que la mort guettait au tournant de la route !

dont le talent a su avec ce rien faire quelque chose

La Légende de Yaménah

Fantaisie dansée, mimée et chantée
Créée par Mademoiselle Adrienne STAKIRIS

Sur les coussins profonds où son beau corps se ploie
La sultane s'ennuie et cherche en vain la joie
Dans les danses, les jeux, les bijoux, les parfums.
Tout à coup son regard distrait brille et se pose
Sur une fleur de rêve, étrange, grandiose.
Mais un émoi secret obscurcit ses yeux bruns...

La sorcière a dit : « Prends garde aux maléfices
Enclos dans les calices
De pourpre et d'or :
Car tu seras trop belle et les fleurs, tes rivales,
Jalouses et fatales,
Voudront ta mort. »

Elle connaît son charme et ne peut pas admettre
Qu'une chose ici-bas, serait-elle une fleur,
Eclipse les attraits qui règnent sur le maître ;
Elle hésite pourtant : l'oracle de malheur
Fait passer sur sa chair un frisson d'épouvante...

Elle sait qu'elle est belle et l'a vu bien souvent
Au miroir où s'encadre une image tentante,
Dans la vasque de marbre où dort une eau d'argent,
Dans tout ce qui s'éclaire et reflète autour d'elle,
Dans les regards humains que trouble sa beauté.

Qu'a-t-elle à redouter, puisqu'elle est la plus belle ?...

Elle coupe la tige. Une rivalité
Met aux prises la fleur mystérieuse et rare
Avec la fleur vivante en pantalon bouffant.
La sultane examine, apprécie et compare ;
La fleur ne peut lutter, se venge, se défend
Et meurt après avoir piqué la bouche altière
En un baiser fatal qui verse un poison lent.

La sultane triomphe et la rose est vaincue.

L'oracle s'accomplit : car Yaménah se tue
Pour éviter l'effet du venin redouté
Qui ne pardonne pas et détruit la beauté.

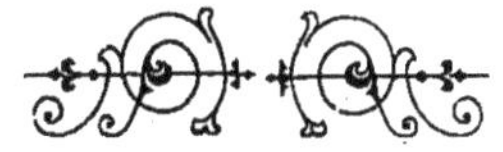

LA NEIGE ROUGE

I

Sur le sol froid de sa chaumière
Etait assise la sorcière
Au milieu d'un sombre attirail,
Une tzigane à la peau brune,
Aux bijoux de rouge corail
Où jouait un rayons de lune
Qui venait par l'huis entr'ouvert
Eclairer les cartes crasseuses.
Au fond de son petit œil vert
Brillaient des lueurs mystérieuses;
La voix atone parlait deuil,
Plaisir, voyage, amour, fortune.
Ils étaient debout sur le seuil
Et·leur ombre n'en faisaient qu'une
Tant leurs corps étaient enlacés.
Au souffle d'une brise douce
Leurs cheveux étaient caressés ;
La longue chevelure rousse
Du jeune et vigoureux Fédor
Etait mêlée aux boucles d'or
De la mignonne et frêle Yvane.

L'anxiété plissait leur front ;
Le silence était si profond
Dans la misérable cabane,
Que de leurs cœurs les battements

Interrompaient seuls par moments
La voix monote et rapide
De la vieille aux longs doigts jaunis,
Qu'ils regardaient d'un œil avide
Mettre en cercle sur un tapis
Treize cartes révélatrices.

« Oh ! dites-moi si nos délices,
Nos extases et nos amours
Nous uniront ainsi toujours,
Dit Yvane dont la voix tremble
En se serrant contre Fédor.

— Du cœur ! Ils sont toujours ensemble...
Pique !.... Mais ils sont deux encor,
L'homme rouge et la femme blonde...
Le temps est noir, l'orage gronde...
Leurs lèvres ne s'uniront plus
Lorsque la neige sera rouge...

— Viens, dit Yvane en l'entraînant
Au plus vite loin de ce bouge ;
Qu'avons-nous besoin maintenant
De connaître nos destinées ?
Nous avons de longues années
Pour nous aimer comme aujourd'hui.

— Je serai toujours ton appui,
Cet oracle en est bien le signe :
Pures comme l'aile du cygne
Qui se mire dans le bassin,
Mettant des dentelles aux branches
Et couvrant le steppe sans fin,
Les neiges seront toujours blanches. »

II

L'hiver vint, chargé de frimas,
Apportant avec lui la guerre....
La neige ensevelit la terre,
Le jour est morne et le ciel bas,
Si bas que du bout de sa lance

Fédor pourrait le soutenir ;
Il traverse le steppe immense
Sur sa jument qu'en souvenir
De son Yvane tant aimée
Du même nom il a nommée.

L'image de ses grands beaux yeux
Et de sa chevelure blonde
Avec lui voyage en tous lieux ;
Il n'avait aimé qu'elle au monde,
Leur amour lui semblait lointain
Comme s'il les avait vu naître;
Quand les sépara le destin,
Il sentit qu'au fond de son être
Quelque chose se déchirait ;
Quand il mit un baiser suprême
Sur son grand œil bleu qui pleurait
Et sur sa lèvre soudain blême,
Il mordit sa rude moustache
Pour ne pas pleurer à son tour.

Il va, rêvant à son amour
A travers la neige sans tache ;
Il emporte un double trésor :
Sur son cœur une boucle d'or,
Et sous son manteau la dépêche
Que lui remit hier l'hetman.

Tandis qu'il embrasse la mèche,
La bête arrête son élan,
Puis, les jarrets coupés, s'écroule,
Poussant un long hennissement,
Et Fédor dans un fossé roule
Avec son cheval écumant ;
Paraissant tout-à-coup dans l'ombre,
Trois hommes ont couru sur lui,
Et l'éclair d'un acier a lui
Dans le brouillard lugubre et sombre.

Il a soudain devant les yeux
La vision rapide et claire
De la jeune fille aux yeux bleus

Priant pour Fédor et le Père,
Conservant pour lui seul son cœur,
Son pauvre cœur rempli de larmes,
Et soutenue en ses alarmes
Par son espoir en sa valeur,
Sa confiance et sa jeunesse.
Il est peut-être une promesse
Qu'hélas ! il ne pourra tenir...
Ce retour ! auquel rêve Yvane...
Il voit les cartes, la cabane,
Et frissonne à ce souvenir.
Quand on est si jeune et qu'on s'aime,
Peut-on mourir sans se revoir ?
Aux lèvres lui monte un blasphème
Avec un filet de sang noir.
Serait-ce la dernière épreuve ?
Sous de tristes habits de deuil
Son aimée a l'air d'une veuve,
Et la neige semble un linceul
Qui l'enveloppe dans sa trame.

Mais il sent au milieu du dos
Le contact glacé d'une lame
Coupant les chairs, perçant les os.
Au-dessus de sa tête plane
Un oiseau dont le corps est noir
Comme le front de la tzigane.
Il se sent pris de désespoir
Dans le steppe où plus rien ne bouge,
Enserré comme en un étau
Dans le cercle étroit du corbeau...
Autour de lui la neige est rouge.

..   ..

..   ..

Nice, Mars 1896.

Musique d'Estéban Marti.

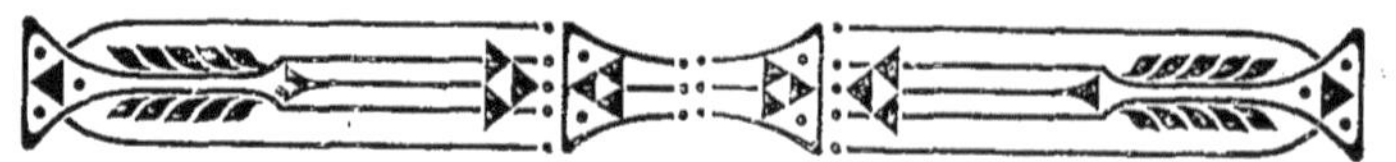

FRAGMENT

DRACÈS A THÉODORA

Je ne veux pas chercher sur tes lèvres trop rouges
La volupté qui fait râler au fond des bouges
Les débauchés pâmés sur des seins complaisants :
J'aime mieux ce breuvage aux trompeuses délices
Qui ne m'inflige pas l'âcre odeur de tes vices
Et rend inoffensifs tes désirs malfaisants.
Tu me parles d'aimer, tu me parles de vivre !
Tu ferais de la joie avec mon désespoir !...
Deux choses ici-bas dépassent ton pouvoir :
L'amour pur, l'amour vrai, qui m'exalte et m'enivre,
Et la mort qui guérit, qui console... et délivre.

Dans l'ombre de l'Hœréon, drame en un acte, joué à la
" Comédie Mondaine " avec René Cresté dans le rôle de Dracès.

ROSE FATALE

La Sévillane
Qui se pavane,
Œil de gitane
Et pied mignon,
A la nuit close
Cueille une rose
Qui tache en rose
Son noir chignon.

Sous une arcade
En embuscade,
Prêt à l'œillade
Le torero
A l'âme en peine,
Car l'inhumaine
Qu'il voudrait sienne
Est son bourreau.

Heure immortelle !
Ce soir la belle
Sent qu'il l'appelle
De tous ses vœux;
Sa bouche tendre
Le fait entendre
Il la voit prendre
Dans ses cheveux

La rose fraîche
Qu'elle dépêche
Comme une flèche
Droit à son cœur.

*Lui, la relève
Et son doux rêve
Soudain s'achève
En plein bonheur :*

*C'est sur sa couche
Que la farouche
Veut de sa bouche
La recevoir...
Un rein se ploie,
Une âme en joie,
Ivre, se noie
Dans un œil noir.*

*Mais la caresse
Enchanteresse
A l'homme laisse
Une douleur
Qui s'enracine
Dans la poitrine
Où la main fine
Jeta la fleur.*

*C'est dans l'arène,
L'autre semaine,
Que la sirène
Le reverra,
Rempli de grâce
Dans la menace
Mais d'un audace
Qui le perdra :*

*Car l'homme alerte
S'écroule inerte,
Poitrine ouverte
Par le taureau !
Au cœur s'étale,
Sanglant pétale,
La fleur fatale
Au torero.*

Musique de Georges Picquet.

RIVALES

I

Depuis trois jours Mourad est lointain et distrait
Lorsqu'il est caressé dans les bras de Roxane ;
Ils se taisent tous deux, mais la brune sultane
Observe son œil d'aigle où sommeille un secret.
Une femme sans doute... En est-il donc quelqu'une
Qui veut l'amour du maître et l'heureuse fortune
Plaçant la favorite au rang du souverain ?
Cette Mauresque à l'œil de jais, à la peau mate... ?
Cette fille du Nord, très blanche et délicate... ?
Cette forte négresse au corps de sombre airain... ?
Laquelle, ancienne esclave ou nouvelle captive,
Parmi les cent joyaux composant son trésor... ?
Serait-ce cette Grecque onduleuse et lascive,
Eclairant le harem avec ses cheveux d'or... ?
Est-ce Aouda ?... Ce nom arrête la pensée
Qui ride le beau front ceint du bandeau royal ;
Soudain, l'œil de gazelle est un œil de chacal.

La Grecque !... En son amour, en son orgueil blessée,
Roxane est aux aguets, car elle veut savoir
Quelle est la femme qui se cache sous un voile
Et suit le pas furtif du grand eunuque noir
Quand s'allume le feu de la première étoile.

Deux yeux ardents, deux grands yeux fiers
Brillent derrière le treillage,
Eclairant un pâle visage
De la lueur de leurs feux verts.

A peine couverte
D'un sombre manteau,
Froissant un rideau
D'une main alerte,
Roxane accourut,
Panthère à l'affût.

« Là non plus ! Personne !
Pourtant j'ai cru voir
Dans l'ombre du soir
Celle que soupçonne
Mon amour guetteur,
Qui me vole un cœur.

Va-t-elle paraître ?
Pourtant je sais bien
Qu'au soir un gardien
La conduit au maître
Avec ses atours
Et ses joyaux lourds.

Est-ce un affreux songe ?
N'ai-je plus d'espoir ?...
Il faut le savoir :
Ce doute me ronge...
A-t-elle en trois jours
Tué nos amours ?

Profite de ta dernière heure !
Malheur sur toi, belle Aouda,
Sur celui qui te précéda
En cette amoureuse demeure !

Je te tiendrai sous mon talon
Toi qui te juges mon égale ;
En vain, odieuse rivale,
Tu demanderais ton pardon.

Je t'attends, ma fureur avide
T'aura bientôt en son pouvoir,
Tandis que le lacet d'un noir
Est déjà promis à ton guide. »

C'est une belle nuit
Recueillie et profonde;
Sur son épaule ronde
S'étalent comme une onde
Les cheveux noirs où luit
Dans l'or de son bandeau la pierre unique au monde.

Dans les jardins déserts
Passe une brise chaude,
Un clair de lune y rôle,
Et Roxane minaude,
Fixant de ses yeux pers
Le reflet vif que jette à son doigt l'émeraude.

« J'aurais versé mon sang impétueux
Et donné sans regret pour lui jusqu'à ma vie,
    Comme c'est triste et sombre l'agonie
D'un amour que j'avais rêvé si somptueux !

    Mon sang se glace ! une angoisse m'oppresse !
Malheur ! J'entends d'ici leur baiser criminel ;
    J'ai sous les yeux l'affolante caresse
Qui pour mes sens pâmés faisait s'ouvrir le ciel.

    Me faudra-t-il assister impuissante
Au triomphe insolent de celle que je hais ?
    Moi, je suis là, brisée et pantelante,
Ne pouvant détester celui que j'adorais.
    Se peut-il donc que cette bouche mente
Qui me jurait hier de m'aimer à jamais ? »

La main aux doigts nerveux sort de la large manche
        Et tourmente le manche
            D'un long poignard ;
Cette main est crispée, une émeraude y brille
        Le même feu scintille
            Dans son regard.

I I I

Une clarté soudaine éclaire la nuit sombre,
Et la porte a tourné lentement sur ses gonds.
La brune, avec un cri, se rejette dans l'ombre
Et suit d'un œil mauvais la femme aux cheveux blonds
Qui, souriante, lasse et marchant dans un songe
Qu'un suprême frisson renouvelle et prolonge,
Vient de franchir le seuil ardemment convoité.

C'est la Grecque Aouda, que berce son extase,
Qui n'a pour vêtement, sous un voile de gaze,
Que ses cheveux d'or clair et sa jeune beauté.

Un bref combat... deux cris... Roxane est la plus forte ;
Entre les seins gonflés elle frappe un coup sûr
Et pose son talon sur le corps de la morte,
Les sourcils contractés et le visage dur.

  ..   ..

Elle sent sur son doigt une caresse chaude :
Et son œil, qu'assombrit de ce vain châtiment
Le plaisir incomplet, s'illumine un moment
En voyant un rubis auprès de l'émeraude.

Les morceaux désignés comme **Poëmes Animés** sont des
ntermèdes dramatiques chantés et mimés, qui furent créés en 1902 et
représentés sur différentes scènes parisiennes : Bodinière, Parisiana,
Little-Palace, Salle des Fêtes du " Journal ", etc.

LES AILES TRICOLORES

LE RÉVEIL AU CAMP

Nous étions délivrés de tout penser morose,
Quand nous fîmes couler hier jusqu'à minuit
Le champagne, le punch, la limonade rose
En chantant nos amours sous la tente mi-close
Où pénétrait le souffle embaumé de la nuit.

Puis, sur mon lit formé d'une paille noueuse
Je me suis endormi comme on dort à vingt ans,
Songeant avec délice aux yeux de l'amoureuse.
O champagne divin, liqueur fraîche et mousseuse,
C'est toi qui me berçais de rêves enivrants !

Tu me fis oublier ma dure et froide couche
Pour me montrer ma belle, un tendre mimosa,
Une fleur qui se fane aussitôt qu'on la touche,
Pour évoquer l'attrait exquis de cette bouche
Où mon cœur amoureux naguère se posa.

Tout à coup le soleil sur la tente muette
Lance les flèches d'or de ses rayons brûlants,
Et, de tous les côtés, le clairon, la trompette
Sonnent des refrains gais comme des chants de fête
Et chassent le sommeil par de mâles accents.

Comme on est jeune, ardent, plein de force et de sève
Dans ce camp animé par mille bruits divers !
On se sent préparé pour la lutte sans trêve
Où nos exploits auront l'apparence d'un rêve
Et d'où nous reviendrons chargés de lauriers verts.

Mais la voix du canon nous remet en mémoire
Que l'honneur enfermé dans les plis des drapeaux
Nous conduit à la mort aussi bien qu'à la gloire,
Que beaucoup sont absents après une victoire,
Que souvent les lauriers ombragent des tombeaux.

Si le feu met un terme à notre insouciance,
Nous mourrons fiers du sort qui nous est destiné ;
N'avons-nous pas au fond de nos cœurs l'espérance ?
A quoi servirait-il de s'attrister d'avance ?
L'homme qui me tuera n'est peut-être pas né.

Mais, laissons de côté ces scènes ténébreuses
Et que les grondements du canon, du tambour
Ne couvrent pas le son des fanfares joyeuses !
Je veux rêver encore aux bouches gracieuses,
Jouir de ma jeunesse et m'enivrer d'amour.

Oui, j'aime ce réveil belliqueux et sonore
Sous la tente que fait frissonner le zéphyr,
Dans le camp empourpré par les feux de l'aurore.
J'aime lever les yeux au ciel qui se colore,
Salut que ma jeunesse adresse à l'avenir !

Je n'ai pas oublié ces tableaux et j'y pense
Chaque fois que j'entends à l'heure du réveil
Le rossignol chanter son exquise romance,
Tandis que les rameaux frissonnent en cadence
Et que le soleil monte à l'horizon vermeil.

Camp de Châlons, 1892.

SURSUM CORDA

à Santos Dumont

Limité dans le temps et borné dans l'espace,
L'homme est cloué sur terre et s'agite parmi
Tout ce qui naît un jour, tout ce qui vit et passe
Dans une activité fiévreuse de fourmi.

Il souffre, car il sent que son âme a des ailes,
Qu'à sa pensée il n'est pas d'obstacles vainqueur ;
Il contemple, envieux, le vol des hirondelles :
Le désir de monter plus haut est dans son cœur.

Honneur à l'homme osé dont le rêve suprême
Provoque la nature et transgresse ses lois !
Il est plus cuirassé d'airain que celui-même
Qui lança sur les flots une coque de noix.

La Grèce l'eût chanté par la voix de Pindare ;
Son orgueil eût bravé l'Olympe et son courroux
Et l'on aurait un jour vu ce nouvel Icare
Foudroyé par la main de quelque dieu jaloux.

L'éclair qui vient à lui n'est qu'un rayon de gloire.
Que l'homme dont le front est tourné vers les cieux,
Suivant l'exemple fier qu'offre cette victoire,
Donne à son cœur le même essor audacieux.

Décembre 1901.

Les Tombes Sacrées

I

Aussi loin que s'étend le regard attristé,
C'est le morne tableau du pays dévasté
Où la Guerre, déesse infernale et sauvage,
En passant a semé ruines et carnage,
Partout, c'est le silence et partout l'infini
Dans la plaine déserte et sous le ciel terni,
Car le monstre d'airain dont la colère tue
Est retourné dans les enfers ; sa voix s'est tue,
Il n'ébranlera plus le sol blessé, meurtri,
Et l'haleine de feu qu'il jette avec un cri
Ne fait plus ce nuage à l'âcre odeur de poudre
Qui vomissait la mort en imitant la foudre.
Les arbres, ces géants autrefois chevelus,
Sont devenus des nains contrefaits et tordus,
Et leurs gestes, figés dans une vaine rage,
Dessinent la menace impuissante et sauvage
De leurs troncs ouverts et de leurs bras décharnés.
Nul chemin ne conduit aux champs abandonnés,
Les sillons des obus ont éventré les routes ;
Les villages détruits n'ont plus ni murs ni voûtes
Et ne sont qu'un amas informe de débris.

Evoquant des efforts sublimes et maudits.
La guerre n'est plus là, mais ses traces demeurent . . .
Accueillante à tous ceux qui combattent et meurent,
La terre saccagée est hostile au passant . . .
Du ciel une tristesse éternelle descend . . .
La guerre n'est plus, mais ses crimes demeurent,
Car il reste le Deuil et les femmes qui pleurent.

I I

Voici la vieille église au centre du hameau ;
Quatre siècles avaient respecté son vaisseau
Dont il ne reste plus que des pierres branlantes.
Elle est debout pourtant : des mains impatientes
Ont étayé le mur et rétabli l'autel ;
Un saint de pierre usé par les larmes du ciel,
Patiné par les ans, est debout dans sa niche ;
Un oiseau posé sur un fragment de corniche
Egrène à plein gosier sa légère chanson
Que ne domine plus le fracas du canon ;
Un pied de giroflée au creux de la muraille
A poussé. C'est partout l'éternelle bataille
Où la vie à son tour triomphe de la mort.
Le champ où du dernier sommeil l'homme s'endort
S'étend, paisible, autour de l'église en ruine ;
La croix de bois très simple et que le vent incline
Désigne la place où tant de morts glorieux
Furent ensevelis au milieu des aïeux
Couchés depuis longtemps sous les dalles de pierre.

Deux êtres vivants sont venus au cimetière,
Deux mères que conduit un même désespoir.
L'une a de beaux cheveux, blancs sous le crêpe noir ;
Sa tournure et sa mise annoncent la richesse
Comme la somptueuse auto qu'elle délaisse,
Car elle vient à pied par les tristes chemins ;
Ses nobles traits, creusés par un de ces chagrins
Profonds après lesquels on s'étonne de vivre,
Souriront seulement à la Mort, qui délivre.
L'autre, c'est une femme aux traits durs et précis,
S'accusant vigoureux sous les rigides plis
D'une coiffe sévère ; immobile et farouche,
Elle semble crisper obstinément la bouche
Par crainte d'un blasphème à la faire damner.
Son front, que le malheur frappe sans l'incliner,
Fait songer à ces rocs battus par les orages
Qui narguent l'océan et le ciel et leurs rages ;
On la croirait de pierre aussi ; mais sous ses doigts
Chemine lentement le chapelet de bois,
Et cela seul apprend que cette paysanne
N'est pas une statue, un symbole profane
Sculpté par un démon dans un bloc de granit :
Ce silence absolu qui menace et maudit,
Cette révolte prête à jeter l'anathème,
Cette immobilité pareille à la mort même,
C'est le deuil saint d'un être abreuvé de rancœur
Et qu'une foudre impie a frappé droit au cœur.

———

Là-bas, de sa démarche accablée et tremblante,
La première s'avance et sa douleur poignante
S'enveloppe, tragique, en des voiles de prix.
Elle hésite au milieu des pierres, des débris,
Des sépulcres anciens et des tombes nouvelles . . .
Le but sacré, soudain, aimante ses prunelles :
C'est là ! . . . Son douloureux calvaire est terminé . . .
Voici, près du vieux mur, le tertre gazonné
Couvrant d'un manteau vert, qui sous le vent ondoie,
L'être qui fut son tout, son amour et sa joie,
Sa consolation, son orgueil, son trésor,
L'être que dans ses nuits elle revoit encor,
Dont le cœur et les traits étaient à son image,
Cet être idolâtré, possédé sans partage,
Qu'elle a fait de sa chair et nourri de son lait ;
Son fils — son seul enfant, celui qu'elle appelait
Du nom cent fois chéri qu'elle déchiffre à peine
Sur les bras accueillants de l'humble croix de frêne
Tant les pleurs sont venus obscurcir ses yeux fous,
Et que dans un sanglot elle dit à genoux . . .
La tombe précieuse à ces deux créatures
Porte deux croix, deux noms inscrits et deux coiffures,
Celle d'un officier et celle d'un soldat.
Ils sont tombés un soir dans le même combat
Et l'obus qui trancha leurs jeunes destinées
A si bien confondu leurs chairs déchiquetées
Qu'on n'a pu séparer les restes de leurs corps.
Deux mères, deux douleurs, un tombeau pour deux morts.

V

Les deux femmes longtemps, sur le lieu du martyre,
L'une en versant des pleurs, l'autre en semblant maudire,
Prièrent, si l'on peut appeler de ce mot
Le muet désespoir et l'éternel sanglot.
Enfin, la villageoise et la patricienne,
Echangeant un regard de pitié surhumaine,
S'unirent dans un cri semblable : l'une dit
En extase « Mon fils ! » et l'autre « Mon petit ! »
Dans un rugissement de lionne blessée.
Chacune avait compris la secrète pensée
Qui les préoccupait. La mondaine d'abord
Dit le mot attendu ; noble et touchant accord
De ces deux cœurs mourant de la même souffrance . . .
— Le destin a voulu qu'ils tombent pour la France
« Ensemble; nul ne doit séparer nos petits,
« Ces soldats que la gloire et la mort ont unis.
— Y songer seulement serait un sacrilège !
Trancha la paysanne.

     — Aussi vous offrirai-je
« De transporter leurs saints restes dans mon château.
« Près de Tours, sous de vieux arbres, au bord de l'eau,
« Dans mon parc, je ferai pour nos chers morts construire
« Un riche monument de marbre et de porphyre ;
« Une chapelle en leur honneur s'élèvera,
« Puis une lampe d'or jour et nuit brûlera.
« Quand vous viendrez dans ma retraite de vestale,
« Vous m'y verrez courbée et le front sur la dalle ;
« Ensemble nous prierons pour l'éternel repos
« De nos deux enfants morts pour revivre héros.

— Je ne veux pas cela ! reprit la villageoise,
Adoucissant sa voix pour la rendre courtoise.
« Oh ! Madame, le marbre et l'or sont superflus
« Pour payer notre dette à ceux qui ne sont plus.
« Nul faste ne saurait ajouter à leur gloire,
« Et, s'ils sont immortels, c'est dans notre mémoire.
« Où dormiraient-ils mieux, Madame, qu'à l'abri
« De cette pauvre église et de ce mur fleuri,
« Dans la profonde paix de l'humble cimetière ?
« J'habite ici tout près, ma demeure dernière
« Sera ce tertre vert qui garde mon enfant.
« Cette tombe est mon bien ; mon culte la défend
« Contre ses ennemis, la ronce et le lierre,
« Et j'aime tout, ici : l'herbe, le sol, la pierre
« Que nos fils ont baignés de leur sang généreux.
« Croyez-moi, croyez-moi, Madame, ce sont eux;
« Ce sont nos fils chéris qui parlent par ma bouche ! »

La femme était debout, prophétique et farouche,
Et sa main désignait, en un geste puissant,
Dans un rais de soleil une tache de sang.

— Voyez ! La terre saigne encore à cette place,
« Lieu sacré, lieu fatal à ceux de notre race.
« Nos fils ont vu la mort sans trembler, sans pâlir . . .
« Dites qu'on a bien fait de les ensevelir
« Dans la terre où leur vie à flots s'est épandue !
« Car ils sont tombés là pour l'avoir défendue.
« Oui, que le champ d'honneur leur serve de tombeau
« Comme on leur donnerait pour linceuil un drapeau ! »

Le soleil la grandit, l'enveloppe et la dore,
Sa voix s'enfle en vibrant comme un airain sonore
Et prête à son discours un ton âpre et vainqueur.

— Je me tais ; vous avez raison, femme au grand cœur.
« Nos fils dormiront là, répond la châtelaine. »

Les deux mères, alors, dans leur commune peine,
Les doigts entrelacés et les pleurs confondus,
Virent, comme en extase, une image incertaine
Où leur souriaient ceux qu'elles avaient perdus.

GENS D'EPÉE

à Monsieur Marcel BIOT,
Président Honoraire du Cercle " l'Epée "

La salle Hazotte a quarante ans !
Quarante ans de leçons, d'attaques, de parades,
De feintes, de coups droits, de coupés, d'estocades,
Et quarante ans d'assauts où de bons camarades
Ont tué des amis qui sont toujours vivants.

Une salle d'armes !... Théâtre
Où s'évoque tout le passé,
Où survit un culte idolâtre
Que le temps n'a pas renversé.
Une salle d'armes !... Asile
Qu'aiment à hanter nos aïeux,
Où toute l'histoire défile
A l'appel des talons nerveux.
Paladins, preux et militaires,
Heaume en tête ou bien fraise au cou,
Demi-soldes et mousquetaires,
Marquis à l'épée en verrou,
Duellistes aux fines lames
Qui sortaient seules du fourreau,
Héros de romans et de drames
Qui pensaient noble et portaient beau,
Tous ceux qui de belle manière
Au cours des temps ont su tenir

4

Flamberge, épée ou bien rapière,
Tous ont à cœur de revenir
Pour voir si nous avons encore
Leur adresse avec leur fierté.
Eveillés par l'appel sonore
Du fer frémissant et heurté,
Ils viennent ceux qui s'alignèrent
Pour un regard, pour des écrits,
Et dont les armes se croisèrent
Si souvent malgré les édits ;
Ceux qui se battaient pour un geste,
Pour la gloire ou pour un affront,
Pour un défi, pour un mot leste,
Parce qu'il fallait un second ;
Ceux qui mettaient au clair la lame
Pour terminer un entretien,
Pour les yeux d'une belle dame,
Pour le plaisir ou bien... pour rien.

L'escrime, aujourd'hui, fait une âme bien trempée,
Animant un corps souple et des muscles d'acier ;
Les fervents de la lame ont tout du chevalier :
Ils sont braves, loyaux et fiers comme une épée.

En ces jours qui ne sont pas loin,
Quand la Patrie avait besoin
De tous les bras, de toutes les audaces,
A l'honneur, au danger, ils ont tous pris leur place.
Tous sont partis, si tous ne sont pas revenus.
Mettant le sabre au clair, ils sont tombés en garde,
Sans oublier de faire au Boche une nasarde ;
Ils adressent enfin, hommage de poilus,
Le salut de l'épée à ceux qui ne sont plus.

Fête d'escrime du Cercle " L'ÉPÉE ".
Paris, 24 Février 1923.

Les Ailes Déployées

EN MER

SONNET

A J.-M. de Heredia.

Le soleil, embrasant la pourpre d'un massacre,
S'est éteint dans le sang de son dernier éclair ;
Maintenant l'horizon a des reflets de nacre,
Et sur les monts le ciel est bleu comme la mer,

Viens sur ce frêle esquif, qui sur le gouffre amer
Emporte notre amour, le berce et le consacre
Profond comme le flot, divin comme l'éther.
Comprends-tu comme moi, femme, ce simulacre ?

Il faut à notre amour complet, pur, immortel,
Cet abîme attirant, sépulcre ou bien autel,
Mystérieux, perfide, où tombent les étoiles :

Dans ces astres, je vois les reflets de tes yeux,
Nos soupirs dans le vent qui caresse les voiles,
Et crois que nos destins sont écrits dans les cieux.

(1904)

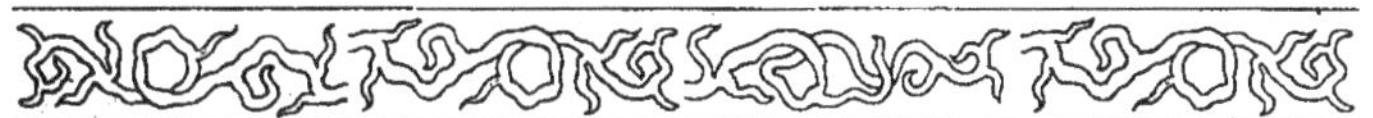

L'AMOUR ET LA MORT

Ils possèdent tous deux une beauté farouche :
L'amour brave la mort, on meurt de volupté,
Et ces terribles mots, en passant par leur bouche,
Font comprendre aux humains ce qu'est l'éternité.

Dans une même énigme attirante et profonde,
L'amour est ici-bas le frère de la mort ;
Ils règnent sur la terre et sont la loi du monde,
C'est par l'un qu'on y vient, par l'autre qu'on en sort.

L'amour est le seul but, il exalte, il abaisse,
Il rend brave ou cruel, il sème joie ou deuil,
Jusqu'au jour où la mort, la dernière maîtresse,
Du drap fait un suaire et du lit un cercueil.

Les Messes Noires, reconstitution dramatique en 4 parties ;
Paris 1904.

AMOUR PRÉDESTINÉ

Toi qui parles d'amour, sais-tu bien ce que c'est à
Jeune homme, dis-moi donc ce que te fait entendre
Ce mot prestigieux, ce mot terrible et tendre,
Cachant le grand mystère et l'éternel secret.

L'amour n'est pas l'émoi de la vingtième année,
Il n'est pas le désir qui fait battre le cœur ;
Ce n'est pas un rayon qui jaillit, une fleur
Qui s'ouvre le matin et le soir est fanée,
L'impérieux frisson des grandes voluptés ;
Ce n'est pas une idylle aux couplets enchantés
Quand la lune filtrant par les branches tordues
Allonge sur le sol deux ombres confondues.
Jeune homme, ce n'est pas l'irrésistible appel
D'un regard qui se trouble et d'une lèvre offerte ;
Ce n'est pas seulement une porte entr'ouverte
Sur le fond de l'enfer ou sur un coin du ciel ;
Ce n'est pas l'œil qui luit, la taille qui se ploie,
La bouche qui se glace, ivre de volupté ;
Ce n'est pas un sanglot, ce n'est pas une joie
Débordante, suprême, au goût d'éternité.

Le véritable amour, femme, c'est la venue
De celui que ton âme attend et trouve enfin ;
Homme, l'amour surgit à la minute émue
Qui te fait rencontrer au détour du chemin
La femme pressentie et pourtant inconnue,
    La femme de ton destin.

Car l'amour est trop grand pour tenir sur la terre,
Il est trop infini pour tenir dans nos jours ;
Nous n'en voyons jamais que l'ombre et la chimère
Et sa réalité nous échappe toujours.
Sa naissance remonte à d'autres existences ;
Par la mort, ce voyage, il fut interrompu ;
Comme une amante après de trop longues absences,
L'âme dépareillée, aussitôt qu'elle a pu,
Ardemment, a cherché dans l'infini des mondes
  Son âme sœur, l'âme de son destin.

Amour ! voilà pourquoi tant de bonheur inonde
Ces êtres dont tu viens d'entrelacer les mains !
L'amour les unissait en d'autres existences,
Ils ont déjà vécu seulement pour s'aimer ;
Quand germèrent en eux les premières semences
De cet amour que rien ne pouvait entamer,
Il se gravait au fond de leur âme immortelle
Un souvenir plus fort que l'espace et le temps ;
Chaque fois qu'ils se sont retrouvés, l'étincelle
A rallumé la flamme aux reflets éclatants
Qui grandit leur amour, le conserve et l'isole,
Qui met à leur front pur cette claire auréole
Dont les autres humains demeurent éblouis.
Car l'âme se souvient des délices passées,
Elle rêve aux bonheurs qui sont évanouis ;
C'est ce cher souvenir et ce sont ces pensées
Qui donnent aux amours venus d'un temps lointain
Quelque chose de fort et d'infiniment tendre
Qui vous guide et vous fait, un jour béni, reprendre
  La femme de votre destin.

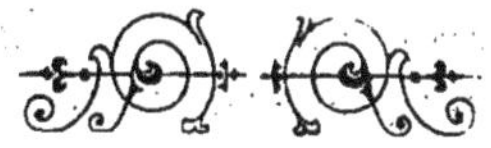

Notre Bonheur

A ma chère femme

Quand vous voyez passer ce couple solitaire
Oublieux de la vie et de ses lendemains,
Que son amour élève au dessus des humains,
Qui va sur un nuage et non pas sur la terre,
Qui confond ses regards et qui presse ses mains,
N'êtes-vous pas troublés comme au seuil d'un mystère ?

Oui, vous avez raison dans vos pressentiments :
Quelque chose de grand et de secret vous frôle ;
Ces êtres autrefois ont été des amants,
Cette tête a dormi déjà sur cette épaule.

Le véritable amour est trop grand pour tenir
Dans le cadre étriqué d'une simple existence ;
Rien n'a prise sur lui, le temps ni la distance ;
Il reste quand tout passe et dès qu'il prend naissance
Il se sent immortel et ne veut pas finir.

Qu'importent à l'amour le flux des heures brèves
Et la fuite du Temps implacable et pressé ?
Ce sont les baisers seuls qui mesurent ses rêves ;
Pour cet amour-là rien ne compte, car il sait
Qu'il aura l'avenir comme il eut le passé.

Un autre sol reçut ces ombres confondues ;
Les mêmes mots d'amour, en des langues perdues,
D'un émoi tout pareil ont fait battre ces cœurs;
Ces regards adorants et ces gestes vainqueurs
Ont servi de prélude à l'extase éperdue
Qui pour l'éternité fit ce couple béni.

C'est pourquoi, resserrant leurs doigts qui s'entrelacent,
Ils vont calmes, lointains, étroitement unis,
Enigme impénétrable aux profanes qui passent...

C'est pourqoi leurs baisers ont un goût d'infini.

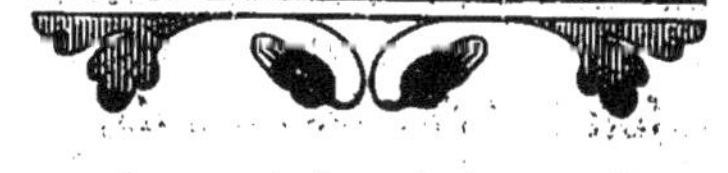

TABLE DES MATIÈRES

TABLE DES MATIÈRES

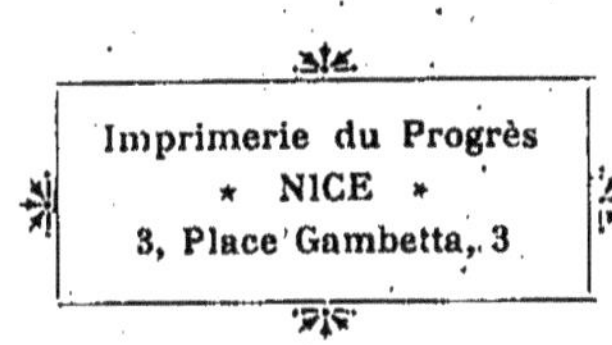
Imprimerie du Progrès
★ NICE ★
3, Place Gambetta, 3

www.ingramcontent.com/pod-product-compliance
Ingram Content Group UK Ltd.
Pitfield, Milton Keynes, MK11 3LW, UK
UKHW022100070726
13613UKWH00002B/883